# DEUX

# BOURBONNAISES

PAR

## UN BOURBONNAIS

LANGRES

IMPRIMERIE DE FIRMIN DANGIEN

3, rue de l'Homme-Sauvage, 3

—

1880

# DEUX

# BOURBONNAISES

PAR

## UN BOURBONNAIS

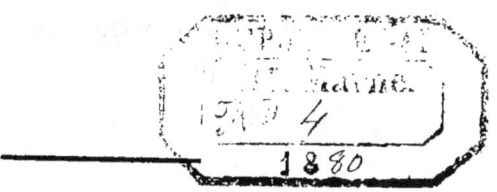

1880

## LANGRES

IMPRIMERIE DE FIRMIN DANGIEN

3, rue de l'Homme-Sauvage, 3

—

## 1880

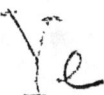

# NOTA.

La première de ces compositions a déjà quatre ans de date :
c'était le temps où les fondations du nouveau portail apparais-
saient à peine au niveau du sol ; mais l'auteur a voulu attendre
pour la publier que l'ensemble des travaux pût être jugé, ce qui
lui a permis de la revoir et d'y ajouter quelques strophes.

Décembre 1879.

# L'ÉGLISE NOTRE-DAME

## DE BOURBONNE

### EN COURS DE RESTAURATION

---

### I

Chère Eglise natale où j'ai ma place à l'aise,
Et qui m'était fermée en l'an quatre-vingt-seize [1],
    Eglise où j'espère entrer mort,
    Comme un navigateur au port,
    A moins qu'on ne la mette en grève,
Ou qu'on ne l'ouvre au vent qui souffle de Genève :

Oh ! que de ton clocher qu'on voyait de si loin
Et qui de tous mes pas fut le plus grand témoin.
J'ai souvent de mes yeux, non sans inquiétude,
    Au temps de mon édilité,
    Déploré la fausse attitude
    Et blâmé la témérité !

---

[1] L'église était alors interdite au culte ou livrée aux prêtres assermentés. L'auteur de ces vers a été baptisé en chambre.

Il me semblait d'en haut compatir à mes craintes ;
Et je croyais parfois, lorsque de son airain
    S'ébranlait le bruit souverain,
Que de sa grosse cloche il m'envoyait les plaintes.

Il fallut me résoudre à le consolider ;
A se tenir un peu je ne pus que l'aider,
Pendant plus de trente ans qu'on peut dire *de grâce,*
Dont sa grande ombre au loin nous renvoyait la trace.

Il n'est plus menaçant, depuis que par pitié
Pour lui comme pour nous, notre nouvel édile [2]
De sa chute imminente a pu sauver la ville,
Et le faire à nos yeux descendre de moitié.

Ne le regrettons pas, son bois deviendra pierre :
On en a vu l'image entre les mains du maire.
Image qui nous vient des conseils de Paris,
    Des maîtres de l'art historique,
    De notre Eglise assez épris,
Pour en avoir voulu faire une basilique. [3]

[2] M. Ymbert.
[3] MM. Boeswilwald et de Baudot.

## II

Sept siècles sur elle ont passé ;
L'an dix-sept cent dix-sept a mis dans son histoire
Une page de feu dont nous gardons mémoire
Et dont plus d'un ravage y reste ineffacé. [1]

La ville, comme une autre Troie,
Son antique château, ses maisons, ses couvents,
D'un incendie affreux que propageaient les vents,
Dans un seul jour étaient la proie.

L'Eglise a gardé son chevet,
La part de son clocher qui s'y trouvait unie ;
C'est là, c'était sur eux que le jour se levait,
Comme un rayon d'espoir aux heures d'agonie.

Ses murs et son portail ont pu rester debout ;
Mais la marque du feu s'y retrouve partout ;
La flamme avait fondu le métal de ses cloches,
Mais sa pierre en avait pu braver les approches.

[1] La relation de ce grand incendie a été adressée par le curé
du temps à M. le prince de Talmond que ses blessures avaient
plus d'une fois conduit à nos eaux. Cette relation a été réim-
primée par les soinsdu docteur Bougard.

Heureux d'avoir en d'autres temps
Déjà bien vieux pour nous, tout près de quarante ans,
Reconforté sa large base,
Au point même qui nous écrase,
Et de son abrupte versant,
Met le trouble au cœur du passant. [5]

Cette œuvre difficile et longtemps entravée [6]
Vient seulement d'être achevée.
L'édilité qui fit descendre le clocher
Du même coup mettait à sa base un rocher.
Le sol est affermi ; l'Eglise peut renaître,
Et l'Etat s'y poser en maître.

### III

On la restaure enfin, grâce au curé Boileau
Qui, depuis l'an quarante-quatre [7],
Tendait comme nous à l'abattre,
Et comme nous enfin ne la voit plus qu'en beau ;

---

[5] Ce mur de terrasse qui soutient l'église, au centre de la ville, a été reconstruit dans les conditions les plus périlleuses.

[6] Par l'existence d'une maison qui s'adossait à la terrasse de l'église et faisait saillie sur la rue.

[7] Année de son installation.

Qui pour cette œuvre avait demandé des prières,
  Et trouvé des adhésions,
  Sous forme de souscriptions,
  Qui ne seront pas les dernières [8] :


  Grâce encore à l'autorité
De notre saint Evêque, au conseil de Fabrique,
  A notre sage édilité,
Qui dira ce que peut notre caisse publique ;


  A l'Etat qui veille sur nous,
  Qui ne peut nous voir à genoux
Dans cette Eglise à deux, à la fois nôtre et sienne,
  Sans trouver bon qu'on s'en souvienne.


  Entre nous et lui c'est un bail,
  Un contrat scellé sur la pierre ;
  Il élève un nouveau portail,
Et déjà nous pouvons le voir sortir de terre :

---

[8] Cette prédiction a été justifiée bien au-delà des espérances qu'il était alors permis de concevoir. Deux autels ont déjà été donnés, notamment celui de la nef principale, d'une grande beauté. Les fonds du troisième sont acquis.

Il agrandit l'espace et nous donne un lointain ;
    Rend à l'abside son aurore,
Au clocher sa puissance, où le feu s'est éteint,
    Quand la ville brûlait encore.


    La nef et ses collatéraux
    Espèrent aussi des vitraux :
    Ce sera l'œuvre des fidèles
Et de la foi qui donne essor à tous les zèles. [9]


    Qui ne se montrerait jaloux
De seconder ici l'Etat qui vient à nous ?
Voyez : tout se relève à la fois dans Bourbonne,
Ses Thermes, son Eglise ; il y court un grand air,
    On attend le chemin de fer ;
Et ce bel avenir déjà se carillonne.


### IV


Pour en arriver là, que de chemins suivis
    Depuis l'invasion latine,
Depuis ces conquérants qui nous ont asservis
Sans pouvoir effacer notre propre origine !

---

[9] Trois vitraux magnifiques ont été donnés pour l'abside, un quatrième pour une fenêtre latérale du chœur.

Ils ont latinisé les mots
De Damone et du vieux Bourbonne [10];
Damone est la Dame des eaux,
La même, en une autre personne,
Qu'elle a pour nous toujours été,
La Reine de notre cité.


Si notre langue, dans ses termes,
A rencontré des changements,
Ne nous en plaignons pas : les Romains, de nos Thermes,
Ont établi les fondements.


Le sol où nous marchons fait rêver de déesses
Et de dieux souterrains, couvre plus de richesses,
De colonnes, de chapiteaux,
Qu'une cité des temps nouveaux
Pourrait en contenir en sa plus vaste enceinte.
Déjà le vieux Bourbonne était la ville sainte,
Ouverte à l'espérance, aux *Ex-voto* pieux,
Qui la faisaient monter aux cieux.

---

[10] Ces noms sont celtiques; les Romains les ont trouvés près
de nos sources et n'ont fait que les mettre en latin. Toutes les
inscriptions gallo-romaines, votives, que le sol nous a rendues,
sont dédiées à *Borvone* et à *Damone*.

Mais Rome allait sombrer, le temps, la foi chrétienne,
Eclaircissaient les rangs de l'idole païenne;
  Une vierge, aux yeux purs et doux,
  Les reposait déjà sur nous;

  Nous en avons fait Notre-Dame [11];
  Depuis Clovis nous l'honorons;
  C'est elle que nous implorons
  Pour les blessés de corps et d'âme [12],
Qui d'un égal amour embrasse tous les rangs,
Dont les bras sont ouverts aux petits comme aux grands.


# V


Notre inspiration nous vient d'une autre Rome,
De celle qui nous fait dépouiller le vieil homme,
  Et nous détourne des Césars
  Au fond de notre sol épars;

[11] L'église de Bourbonne est ainsi nommée. Une Assomption est figurée dans la rosace du chœur.

[12] Il y a, dans le jardin des Bains, une grotte consacrée à la Vierge sous le vocable de *Notre-Dame-des-eaux*. Cette grotte, dont l'idée première appartient à une fille pieuse de la paroisse, est très-fréquentée pendant nos saisons des eaux. Le bénitier en est pris, de même que celui d'une des nefs de l'église paroissiale, dans l'un des marbres taillés par les Romains.

De celle qui dit : soyez frères,
Et nous conduit à Dieu par le même chemin,
Qui de chacun de nous fait un nouveau Romain,
Dans la vieille foi de nos pères.


C'est à Notre-Dame des eaux,
Qui met tant d'espérance à côté de nos maux,
Que Bourbonne doit son histoire,
Et les Romains n'ont fait qu'en préparer la gloire.


C'est elle qui reçoit nos morts,
Et qui dans nos douleurs ne nous fait jamais faute:
Elle nous attend sur la côte
Où la foi nous conduit faibles pour être forts.


Elle bénit déjà nos Thermes.....
Soyons unis, nous serons fermes,
Et nous aurons gagné le prix
De tant de travaux entrepris.


Nous aurons fait entrer la lumière et la vie
Dans les sites qu'on nous envie,
Et des siècles éteints lié le souvenir
A l'espoir assuré d'un illustre avenir.


Novembre 1875.

# LE
# CHATEAU DE BOURBONNE

C'était en six cent douze, on le redit encore ;
Un château s'élevait sur un sol dévasté,
Mais riche en souvenirs et cherchant son aurore,
    En pleine féodalité,
Sur les débris épars d'une cité romaine ;
    Il embrassait dans son domaine
    Un sol heureux, vrai paradis
De ce que peut la terre offrir aux yeux ravis,
    Riche en produits de toute sorte :
    En haut, c'était la maison forte,
    En bas les plus hauts affluents
Que peut laisser le nord au sud, [1] en deux courants. [2]
    Le vaste bassin de Bourbonne,
Au loin, bien loin, fermé par de riants côteaux,
    Et le vieux volcan de ses eaux,
    Sous la royauté de Damone :

[1] Le territoire de Bourbonne, incliné vers la Saône, atteint,
par sa partie la plus élevée, les versants de la Meuse.
[2] La rivière d'Apance et le ruisseau de Borne, qui se rencon-
trent sous les murs du château.

Harmonieux ensemble! Eh bien, dans un seul jour,
Ce château, son altière tour,
A ses pieds la ville envahie,
Sombraient dans un vaste incendie ;
La place elle seule en restait.
D'Ogny [3], Lahérard et Tonnet [4]
L'ont fait renaître de ses cendres :
Sois heureuse, Damone, ô toi
Qui lui jetais des regards tendres
Et respirais jadis à l'ombre de sa loi,
Chevandier [5] le donne à la ville [6]
Et rajeunit ta foi civile.
L'Etat, devenu ton seigneur,
A voulu t'élever, de toute sa hauteur,
Au rang de sa fille adoptive [7]....
Ah! je lis dans tes yeux, nymphe autrefois plaintive,
Au front longtemps baissé : tes vœux sont accomplis ;
Reprends ta lyre délaissée ;
De tes chagrins l'heure est passée,
Et de ta robe enfin tu peux draper les plis.

Janvier 1880.

---

[3] L'héritier des anciens seigneurs de Bourbonne.
[4] Propriétaires successifs du château, après M. d'Ogny.
[5] Dernier acquéreur.
[6] Après lui.
[7] Depuis 1812.

## ÉPILOGUE.

Chevandier, fidèle à Bourbonne,
Au centuple lui rend les faveurs de Damone ;
Il ne voit plus, mais il entend ;
Il entendra d'en haut le concert éclatant
De nos voix qui d'en bas chanteront sa présence
Et l'éternel bienfait de sa munificence.

Langres, imp. Firmin DANGIEN.

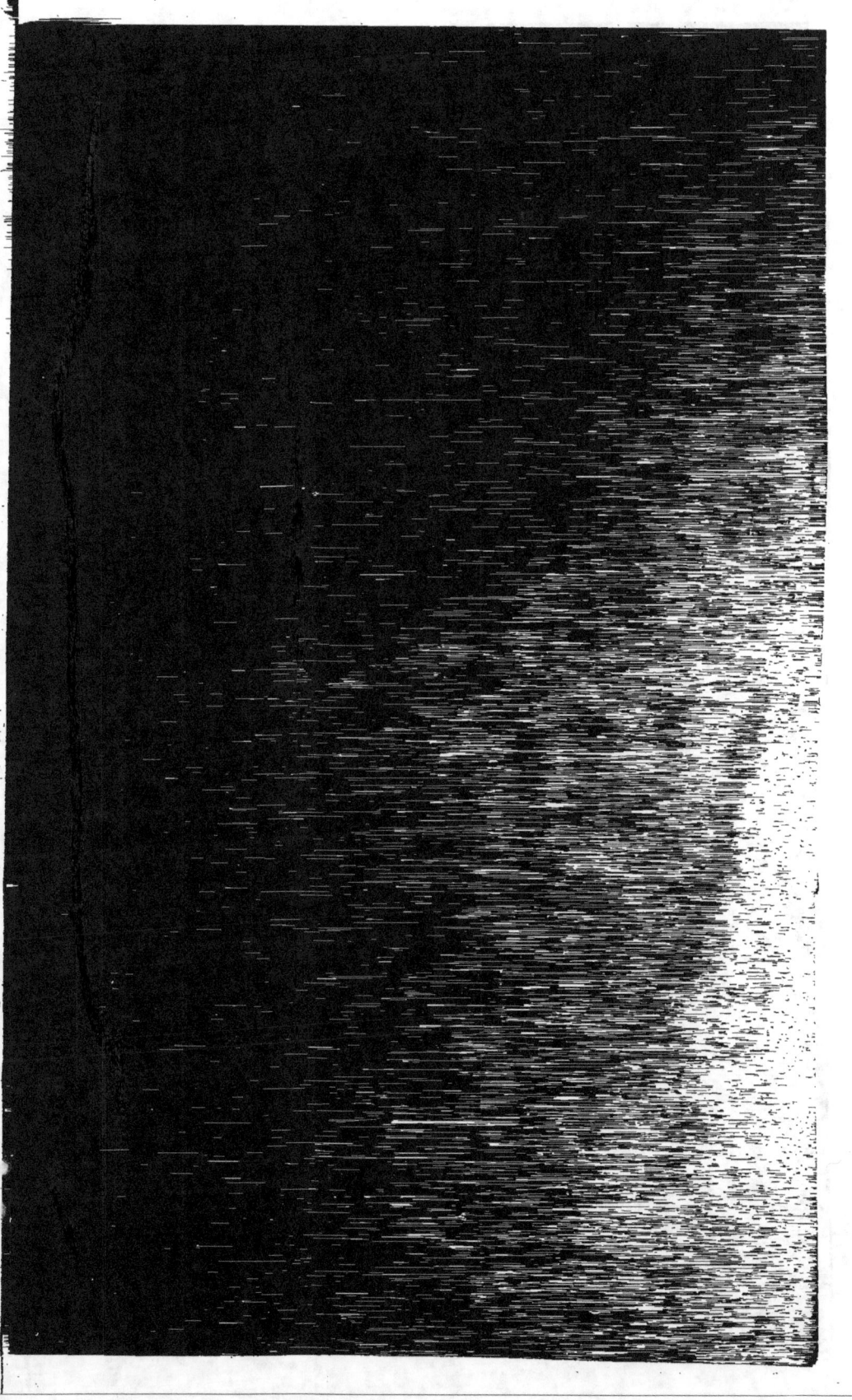

www.ingramcontent.com/pod-product-compliance
Lightning Source LLC
Chambersburg PA
CBHW061524170626
46811CB00004B/1828